아침달 시집

지금부터는 나의 입장

유계영

시인의 말

생각 속에서 아름다운 나의 시인들
나는 그들의 손바닥에
뜨거운 이마를 비비며
영원히 일어날 기미가 없다
그러다 문득
그들의 손길이 닿은 구석구석을
살가죽이 벗겨질 때까지
씻고 싶은 때가 온다

나는 나에게만 나라는 생각으로는
더 이상 잘 되지가 않네,
연못을 빙빙 떠도는 남생이를 보며
중얼거린 일
두꺼운 비단잉어가 떠올라
표정을 보여주고 간 일

2021년 7월
유계영

차례

1부
하나의 얼굴로 파다하겠지

2부
혼란 혼돈 혼곤 혼선
나는 왜 웃음이 날까

3부
작은 것들은 계속해서 작고
양파꽃은 피지 않고

발문

1부

하나의 얼굴로 파다하겠지

좋거나 싫은 것으로 가득한 생활

눈동자 한 숟갈만 퍼먹어도 되겠니 매우 달콤할 테니까
고약한 네가 아름다운 시를 써와서 영혼이 하는 일을 이해할
수 없었다

흔적토끼는 영혼의 가장 깊은 곳을 은거지로 삼는다지만
깡총걸음으로 튀어나오는 것이 영혼의 일이라지만

아침엔 멀리서 네가 새치기하는 것을 목격했다 부드러운 몸
짓이었다
나는 하루 종일 그것이 떠올라 미소 짓게 됐고 기분 좋게 됐고
영혼이 하는 일을 조금 이해하게 됐다
몸의 문이 살짝 열렸다 닫히는 것도

허겁지겁 먹다 말고 접시 위의 폭찹을 골똘히 바라본다
애지중지하는 작은 개에게 진지하게 물었다
너 동물이니?
우리는 마찬가지니?

왜 이렇게 싫어하는 것이 많으냐는 지적을 들었다
우리의 악몽이 더 이상 정교하지 않다는 사실은 견딜 수 없지
깊은 함정에 빠져 있다

영혼이 아름다운 사람의 눈동자를 볼 때마다
한 숟갈만 퍼먹어도 되나요 매우 달콤할 텐데요
묻고 싶었으나

꿈에서도 너는 내가 듣고 싶은 말을 해주지 않는다
아는 만큼 보여서 보이는 만큼만 슬픈 사람들
에 대한 이야기를 줄 세운다

나는 문이 열리는 것을 기다렸다가
기회를 놓치지 않고 끼어든다

영혼이 하는 일을 알게 된 이후

울로 만든 모자

내가 나무라면

작은 새가 사람들을 낚아 소중히 물고 다니는 광경을

큰 지퍼가 달린 가방을 들듯이
그 가방에 귀여운 봉제인형을 달듯이
머리를 무한히 쌓아올린 눈사람
그런 것을 이미 다 봤겠지

나는 가난하고 아름다운 나라의 작은 사람들을 지켜주려고
왔다
빛나는 총 한 자루를 차고 왔다

작은 사람들이 두려워 눈물 흘릴 때
아주 조그마한 눈물이군
그렇게 말할 수도 있겠지

나무의 명령에 따라 무거운 열매부터 떨어뜨리곤 했다
구름은 의무적인 모임에 방문하듯이
커다랗게 모였다가 흩어졌다

주먹만 한 빵 한 덩어리를 어떻게 갈라야 공평할까

고심하지만 언제나 한쪽이 끔찍하게 작았으니까
얼마간은 다함께 맛있을지라도

빈손으로 돌아갈 것이다
실몽당이 구름 떠간다

무성한 팔을 흔들며 걷는 남자가
자신의 두 손을 물끄러미 본다
처음부터 주먹만 한 빵이었을 뿐인데

내가 나무라면
그러나 내가 나무 아니라서
열매는 열매이기를 중단할 수 없어서
떨어진다 그뿐이다

손바닥 위로 내려앉는 흰 눈
금세 아주 조그마한 물방울
전서구가 벌인 일이다

에너지

모닥불을 둘러싼 사람들이 불을 향해 손바닥을 내밀고 있는
이미지
　최근의 슬픔에 대해 네가 이야기할 때
　골몰했던 나의 생각으로부터

　얼굴이 뜨거워 몸은 영원히 추워
　너의 이야기는 추운 사람들로 가득했지

　어깨 위에 작은 새를 올려두고 거리를 활보하는 사람을 본
것 같다
　이 세상의 슬픈 근황 속에 왜 내가 없는 것일까

　불꽃을 바라보고 있으면

　듣고 있어? 어깨를 흔드는 작은 새를 만난 것 같다
　내 이름은 삼십오 년 동안의 설득력 없는 변명 같다
　너는 끝없이 아름답게 지저귀고 있는데

　나는 내가 슈퍼마켓 매대에서 사과 한 알을 훔쳐 주머니에
집어넣는 것을 본 적이 있거든
　겨울이 겨울 바깥에서 자신이 적셔지는 과정을 지켜보는 것
처럼

우리는 살아 있기보다는 살아 있는 우리를 지켜보는 것 같아

사람이 죽으면 체온은 대기 중으로 사라지겠지
우주가 되는 일의 즐거움이겠지

다음 날에는 한입 베어 문 사과를 사과 더미 속에 깊숙이 찔러 넣고 돌아서는 것도 목격하고 말았거든
이것은 사라지는 즐거움 내가 나를 어기는 즐거움

장작을 태우는 불꽃처럼
불꽃 이후의 연기처럼

자는 거 아니지? 너는 나의 어깨를 흔든다
여전히 나누어주고 싶은 것이 있다는 듯이
너는 다음 차례를 기다리고 있다

파이프

나의 내부에는 내가 없고 이 사실은 결정적이지 않다

차 스푼이 없고 작고 아름다운 것이 없다 나의 내부에는 자신의 출신지를 외계라 믿는 커다란 사람들 있고 나는 때때로 이들 모두와 식사한다

공원의 어린이들에게는 소풍이 없고 옐로우와 명령이 있다

의식은 다족류, 없는 것만 발설하고 싶어 한다

이렇게나 많이 없는 것을

나에게 손상된 장기가 없고 간절함과 위태로움 없고 나를 사랑하는 내가 없고 프렌치 테이블이 없다 창백하고 찌푸린 오후 없다 나를 음해하는 나 없고 외계에 관한 것이라면 생각 없다

야시장 좌판에서 석가의 머리가 말을 건다

나를 데려가라 집에 모셔라

인테리어에 좋을 것이다

생각이 되고 싶은 실감과 실감이 되려 하는 생각이 위치를 바꿔도 무리 없다

외연을 두드리고 텅텅 떠나는 머리들

나의 내부에는 이름을 부르면 부리나케 달려오는 개들 몇 마

리 있으나 그들은 좀처럼 도착하지 않고

스웨터를 벗고 가려운 곳을 살펴보면 금이 가 있다
밤마다 눈꺼풀 안쪽의 영상이 통통하게 부푼다
죽은 사람의 말이 나의 내부를 떠돌다 입 밖으로 흘러내릴 때

많은 사람들이 같은 병을 앓고 있었으므로
목소리의 처음은 누구의 것일까

Oi hoy joy

공을 던지면 네가 다시 물어 온다 공을 던지면 네가 다시 물어 온다 공을 던지면…… 공을 쫓아가다 멈춰 서 있군 앉을 자리는 많아 그렇지만 서 있군
　요즘 태어난 햇빛들은 도무지 모르겠다

모두 잠든 열두 시
몇몇은 깨어
물끄러미 창밖을 바라보는 새벽 세 시
어둠은 큰 리본을 달고 서 있었지 선물처럼
죽음보다 죽지 않는 느낌을 더욱 알고 싶었기 때문에

이 동네의 개들은 짖지 않는다
호기심의 문제는 아니고 지겹고 꿈만 같을 것이다
꽃차를 마시면 귓속말 사이에서
코와 입이 불어터지지 고요하지

나는 요즘도 맹물이나 난장판이나 뚱딴지같은 단어를 들으면 웃음이 나와
근저당이나 장물아비나 학교 가자라는 말에는 눈을 감아
새로운 것에 호기심이 생기지 않아
지나간 것에만 호감을 느껴

울다와 죽다 살아났다 둘 중에 하나를 고르며
이 동네의 개들은 짖지를 않아

오늘 밤낮은 꾸어본 꿈 중에 가장 실감이 난다
꿈쩍도 하지 않는 장롱을 하루에 한 번씩 들어본다

가끔은 두 개의 공이 동시에 날아간다
네가 두 개를 한꺼번에 무는 날도 있다
공 던지는 손이라니…… 손가락이나 손등이나 손목 그런 디
테일은 모르는 게 좋아

날아가는 공의 포물선 안에서
개는 신을 잊고 과학만을 믿기로 한다

얼굴

나는 죽치고 앉아 있다 고층 빌딩의 출입구나 버스정류장, 다세대주택의 우편함 따위 앞에. 맥락 없이. 하루는 슬리퍼 한 짝이 덩그러니 남은 버스 정류장이, 하루는 거미줄을 뒤집어쓴 이사불명의 우편함이

나의 장소로 채택된다.

침묵하는 발밑은 적당하다. 거대한 것을 보면 마음이 편안하다. 자연은 우리를 안심시킨다. 네가 아무것도 아니라는 점을 끝없이 상기시키며.

나는 팔고 있다 가장 깨지기 쉬운 것들을 모아서. 파손 주의의 질문들은 유리처럼 아슬아슬하여 나의 질문을 관심 있게 구경하는 사람은 아무도 없다. 그러므로 내가 가난할 거라고 생각하겠지만, 공교롭게도 나는 돈을 쉽게 번다. 나의 연약한 질문들은 작은 중얼거림에도 산산조각 나기 때문이다. 누구도 나의 질문을 망가뜨리지 않고서는 나를 지날 수 없다. 파손은 자명하다. 쉽게 번 것은 쉽게 쓴다.

그러나 사람들은 모른다. 나의 질문이 얼마나 오랫동안 이 자리에서 오직 당신만을 기다려왔는지를.

본색을 들추는 방식으로 햇빛이 나아간다

표정을 누그러뜨리는 힘으로 햇빛이 나아간다.

값을 치른 사람들은 자신이 망가뜨린 질문의 조각 하나를 손에 쥐고 사라진다. 어쩔 줄 모르면서 붉은 피를 톡톡 떨어뜨리면서 거대한 건물의 내부로. 이걸 꼭 가져가야 되나 의문에 사로잡힌 채로.

거대한 것을 보면 마음이 초조하다. 자연은 우리를 안심시킨다. 누구도 너를 기억하지 못한다고 감미롭게 속삭이며.

얼굴

며칠이 지나도 수박을 떨어뜨린 자리가 끈적끈적하다

수박의 최후는 흥건하고 붉고
망연자실한 사람을 한 명 이상 불러 세운다

올해의 첫 수박은 기어 다니며 먹었다 올해의 첫 수박은 기어 다녔다 올해는 기어 다녔다 기어 나갔다 은유와 비약은 애도를 꿈꾸게 한다

나는 내가 단 한 번도 깊은 슬픔에 빠져본 적이 없다는 사실이 별로 놀랍지 않다 모든 슬픔에서 반드시 기어 나왔다는 사실만큼은

기념식수를 위해 모인 마당

개들이 엎드려 있는 것을 보면 반드시 둘 중 하나의 감정에
사로잡힌다

너희를 일으켜 실컷 일하게 만들고 싶다
너희를 영원히 엎드리게 만들고 싶다

돌들 돌들
두 번 중얼거리면 반드시 굴러서 사라지려는 것이 있다

죽기 위한 새로운 방법에 대해서라면 일 초도 모색해본 적 없는
저 순진한 얼굴의
꽃들 꽃들

거의 나무가 될 뻔한 사람들과
인간의 꿈을 꾸는 나무들이 함께
앉아 있다

의자가 될 준비를 마친 것처럼

나의 등껍질은 왜 단단해지고 있는가

좋은 물

물을 마시지 않으면 견딜 수 없는 사람이 되었습니다 머리의
팔십 퍼센트가 물이기 때문일까요
흰 접시가 가라앉는 소리를 들었어요 설거지통 속에서요 핑
그르르 도는 것 같습니다

내가 아는 사람들은 한국의 겨울에서 노르웨이의 겨울로 떠
났습니다 그럴 수도 있더군요
나는 아무 데도 가지 않지만 사람이 되고자 물을 마십니다
머리를 가져보고자 합니다

한국의 겨울과 노르웨이의 겨울은 하나 이상의 변기를 압니
다 변기의 수용적 형식을 수용합니다
같은 목소리를 듣고 동시에 뒤돌아보는 귀여운 자매들처럼
요 핑그르르 끄덕이고 있습니다

나는 거의 죽을 뻔했지만 봐라 이렇게 멋지게 살아간단다
아는 사람들이 웃으며 성공담을 늘어놓습니다 듣기에 좋은
소식입니다

노르웨이의 소식으로부터 많은 별이 전해집니다 별을 보고,
다른 별들과 아주 비슷하게 생긴 단 하나의 별↘을 보고 바지
를 내리는 사람도 있습니다

별과 눈 덮인 벌판과 변기와 설거지통의 흰 접시…… 그리고 무수한 구멍들 가운데 단 하나의 구멍이

그와 마주 보았습니다 눈물이 핑그르르 도는 것 같았습니다 사랑일까요

나는 수화기를 들고 네, 네, 그렇죠, 네, 하는 사람을 오래오래 바라봅니다

좋은 소식이 한쪽 구멍으로 빨려 들어가는 장면을 보고 있습니다

주말에는 눈 소식 그리고 강추위 소식 뉴스에서 연일 많은 소식을 전해줍니다

머리가 없는 것처럼 목이 말라서

머리를 갖고자 물을 마실 때

견딜 수 없이 사람마저 되고 싶습니다 겨울에서 더 추운 겨울로 떠날 수도 있다는데

나는 아무 데도 가지 않습니다

기어이 갖추게 된 머리를 데리고는 아무 데도 갈 수 없습니다

제자리에서 핑글핑글 돕니다 희고 매끈한 변기처럼요

실금을 움켜쥐고 있습니다

변기가 하품하는 것을 보고 울음을 터뜨리고 말았습니다
아무래도 풍경의 입이 너무 컸기 때문일까요

ᒪ 사이토 마리코, 「눈보라」, "다른 모든 눈송이와 아주 비슷하게 생긴 단 하나의 눈송이"

체인질링

내가 그린 작은 인간들이 얼마나 부드러운지 모른다
뼈가 없다는 듯이
몸은 흰 바탕으로 어지러웠다

돌을 삶는 인간들이었다
꽉 쥐어보고 싶지 않냐고 건네듯이
주먹을 푹 삶고 있었다

칸나 글라디올러스 메리골드의 색채가 흘러나왔다
솥단지에서
다르게 아주 다르게 흐르다가
같은 웅덩이로 터졌다
즐거운 상상을 하는 것처럼 보였다

내가 그린 작은 인간들은 언젠가 담아보고 싶었다
사랑과 우정
잠깐만 인간이다가 마는
공공정원의 조각상들
남부럽지 않은 코

펼친 손바닥을 보면 슬쩍 잡아보고 싶었다
우리의 뼈 없음에 놀라지 않겠다는 듯이

감쪽같이 사라지고 싶었다
맛있는 거 조금만 더 먹고
거짓말도 조금만 더 하고
좋은 날을 골라서

당신 마음대로 하세요
내가 그린 작은 인간들이
자꾸만 나에게 말을 걸었다

너희의 한쪽은 맨발 한쪽은 신발
그러나 그림자는
사이좋게 두 발을 덜렁거렸다

너희의 눈물은 언젠가의 비
나는 흰 바탕을 펼치고 비를 덧칠하고 있다
그러나 빗방울의 속력은 그릴 수 없으므로
비를 그리지 않고 있다

나는 이것이 좋아 그것도
너무도 좋아 문제가 될 만큼
내가 그린 작은 인간들이 끝없이 불평을 늘어놓고 있다

그들이 얼마나 터지기 쉬운 종족인지
도무지 그림으로 설명할 길이 없다

돌을 삶고 있으면
적당히 표현되었다

칸나 글라디올러스 메리골드
솥단지에서
흰 김이 부드러운……

호애친

월요일은 놀라웠네
아뿔사 등 뒤에도 세상이 펼쳐져 있다니
화요일엔 포기하였지
발바닥 밑도 마찬가지라니 하염없이

수요일의 책은 닫히고 싶었다
책을 반으로 쪼개 벌리고 있는
너의 손아귀가 피로한 이유는
책이 속마음을 들키기 시작한 까닭이다
비둘기들이 가끔 빵으로 보이는 현상도

꿈의 입구에는 맹인 전등갓 장수가
하루에 한 번
언제 찾아올지 모르는 너를 기다리고 있네

꿈의 입구는 지나치게 넓어서 아무나 들락거릴 수 있지만
꿈의 내부는 알다시피 좁아터졌지
동그랗게 동그랗게
몸을 말며
자신만의 어둠을 확보하고 싶어지는 것
손바닥이 찢어질 때까지 남을 쓰다듬고 싶어지는 것
꿈은 그런 세계

목요일의 거목은 결심하였네
모든 것에 별 흥미가 생기지 않는 너의 어깨에
나뭇가지 하나만 올려놓기로
그런 얼굴일 필요까지 있겠어? 물어보기로
금요일엔 포기하였지
그래야 할 이유가 없어서
세상을 깜짝 놀라게 할 필요가 없어서

토요일의 거목은 딱 한마디만 더 누설하였다
말해 뭐해 라고 말해 뭐해 라고 말해 뭐해⋯⋯

밤새 중얼거리는 나무는 딱따기꾼처럼 앙상하다 그러나
일요일에도 문을 닫지 않는 상점들 덕분에
너는 잘 살아 있네

지금 흐르는 눈물은 지난달에 먹어치운 빵
비둘기 한 마리의 것
월요일이 등 뒤에서 시작되었네
네 앞을 앞질러 천천히 사람이 되었지
둘 셋 넷으로 늘어나네

양의 일기

나는 조금씩 부풀고 있어 울타리를 뛰어넘고 싶어
창문의 아집으로 오린 풍경을
알맞은 서랍에다 보관하는 일 관두고 싶어
사람의 손에 웬 따뜻한 피가 엉켜 있지?
나는 왜 온몸을 맡기고 있지? 발목을 깨무는 개들과 함께
피에 취해
피의 끈적함에 취해
공중은 자신의 일터인 구름에 대해
제멋대로 유리를 갈아 끼우는 구름의 결벽에 대해
곤란을 겪고 있어 나의 뿔 조금씩 꺼지고 있어
덤불 속에 머리를 파묻고 양의 얼굴 서서히 마련되고 있어
다양한 모자가 필요해졌지
하나의 얼굴로 파다하겠지

미래에 관한 네 가지 입장

1.

나는 미래를 아낀다
알팔파 티모시 클로버 상추
내가 정성껏 돌보는 미래가 잘 먹는 것들
그러나 우리는 단 한 번 마주친 적이 없어서

벨벳 같은 털이 나의 종아리를 스치고 지나가는 일도
결코 없다

사육장에 밀어 넣은 푸성귀가
다음 날 아침이면 감쪽같이 사라져 있다 단순하게
나의 사랑을 독차지할 줄 안다 미래는
오물도 생산하지 않고 과소비도 하지 않는다

저 멀리 황금빛 털이 넘실거리는 것이 보이십니까?

2.

이따 저녁에 뭐 먹지 매순간이 한날한시인 것 같네
내가 어느 날 조용히 식탁 위로 올라갔을 때
그릇 안에 자세를 잡고 편안히 누웠을 때
생각은 나를 생각 자체가 될 때까지 생각으로 끌고 갔어
밥이 된 나와 기계가 된 나와 바위가 된 내가

시장 좌판에 나와 앉았지

제가 좀 팔리겠습니까?

3.
이스트가 없었다면 세계는
얼마나 볼썽사나운 밀가루 덩어리인가
썩음이 없는 시궁창
잘 정돈된 단지형 아파트
녹지 분포가 적당한 계획도시들
일주일째 달콤하기를 중단하지 않는
접시 위의 페이스트리

아무도 옹호하지 않아도 상관없다
부푸는 나의 가슴 아래 향기롭게 썩어가고 있는 것들
나의 코는 즐겁다

충분합니까?

4.
첫 단추라는 말이 가진 힘
너는 어떤 생각도 시작하지 않았기 때문에 아무것도 아닐 수

있다
　　놀라운 긴장감을 보라

　　끼워볼까요?
　　터져볼까요?

예감

미안하지만 여러분
저는 도넛 공장에서 설탕 터는 노동을 해본 적도 없이
그것에 대해 자꾸 말하고 싶어지는 겁니다
아름다운 슈가파우더에 대해

언니가 그랬어요 휴게 시간에
햇빛 아래를 서성이다 들어가면
만지는 것마다 녹는다
자꾸 녹아서 곤란해진다고

녹기 직전까지만 쥐어야 해
부서지기 직전까지만 다뤄야 해

언니는 햇빛을 탁탁 털고
희게 붐비는 슈가파우더 속으로 들어갑니다

내가 그랬어요 불판 위에서 슬그머니 녹고 있는 냉동 고기를
보면서
돼지 공장에서 생산되는 돼지들을 생각해
한 번도 사용하지 않은 새것 같은 돼지에게

오백 원짜리 동전을 모아서 갖다주고 싶다

돼지가 돼지의 행복을 살 수 있었으면 좋겠다
누구도 못 사는 것을 돼지는 샀으면 좋겠다고

너는 여전히 할 말이 많구나 말하고
언니가 웃습니다
그러니까 넌 잘될 거야 말하고
언니가 웃습니다

한바탕 웃고 난 뒤 우리는
자도 없이 똑바로
똑바르게 부서졌습니다

미안하지만 여러분
나는 볼이 통통하고 단것은 싫어합니다
다시는 던킨도너츠 가지 않고
구멍 뚫린 가슴을 보면 기어코 꿰매놓고 싶습니다
그것에 대해 자꾸 말하고 싶어집니다

너무 오래 쥐고 있는 바람에 끈적끈적해지고 말았는데
손바닥을 펼치면 아무것도 없습니다

구멍 뚫려 있습니다

두고 왔다는 생각

엎드린 개가 지나가는 사람들을 본다
어떤 다리는 드러나 있고 어떤 다리는 감추어져 있는데 왜일까
개는 그런 생각에 심취한 듯하다

나는 멀리 저수지가 보이는 카페에 앉아 물을 본다
물을 보며 물 생각은 하지 않는다
저기 두고 온 것이 있다는 생각에 도취되어 있을 뿐

저수지 안에
물잔 안에
어떤 생각이 드러나지 않고 사라지고 있을 뿐

다리는 무슨 말을 하려는 것 같고
다리는 다리와 연결되고 싶어 하는 것 같다고
개는 그런 생각에 심각한 듯하다

(물도 마찬가지)
(개도 마찬가지)

팔다리 있어?
옆 테이블 여자들의 대화가 흥미롭다
팔다리 흔드는 거 봤어?

사람의 배 속에 사람의 팔다리가 있다는 게 나는 이상하지만
어떤 생각이 드러나지 않고 있는 것처럼
그럴 수도 있겠구나 한다

두 사람의 심장박동이 동시에 울린다면
엎드린 개들의 수만큼 흔들리겠지
잔물결 잔물결 잔물결
잔물결

버스를 타고 집으로 돌아가는 길
두고 온 것이 있다는 생각이 들어 카페로 돌아갔을 때
얼음이 가장자리부터 녹고 있다

가슴 주머니 안에
따뜻한 혈액
동작이 되기 직전에 사라지고 만
어떤 생각

2부

혼란 혼돈 혼곤 혼선
나는 왜 웃음이 날까

셔터스피드!

입은 다물고 손은 모으고 같이 찍었지 얌전해 우리 완전히
죽은 것 같다 투명한 구에 담겨 영원히 살 것도 같다 웃었지 박
수 치고
　그늘진 여기가 더 예뻐요
　여기를 오려요

빛을 벗어나
영혼은 믿지 않아도 천국은 믿어도
네 가겟방엔 유통기한 지난 상품들 그리고 작은 더 작은 얼
음 한 조각 있을 거야
　녹지 않는
　그걸 천국이라고 한다면
　영혼이 얼어 죽는 얼음 방이었을 거야

많은 더 많은 다리를 가진 벌레보다
작게 조금 더 작게 중얼거리는 것이
　우리의 온몸을 비틀게 한다 티셔츠 속으로 은밀한 손가락을
밀어 넣게 한다

　우리는 구하지 마요
　아름다워지도록 엉망으로 둬요
　그늘이 더 예뻐요

울상이 좋아요

닫혀 있는 것을 더 닫아보려고
우리는 장면을 얼쩡거리고 있었지
멀리 있는 사람을 이리로 데려오려고
이름을 부르는 대신
뚫어지게 바라보고 있었지

우리의 시야 바깥으로 그가 빠져나간다 선명해 우리 완전히
북새통에 있다 너의 눈동자는 그를 따라가고

미소가 한없이 연장되었다
도저히 중단할 수 없지

잠이 우리에게 그렇게 하듯이

나무 타고 건너는 중입니다.
바다의 이름은 몰라요.
뚜껑이 없어요. 열렸어요.

'나는 죽었다' 하고 쓰면 세 글자 남습니다.
'나' 그리고 '기척'.
나체 그리고 뒤척 아니라요.

'바다를 건넌다' 하고 쓰면 '바다' 그리고 '건너다'.
파도를 두려워하지 않는 용맹한 뱃사공이 셋.
바다가 어떤 종류의 창문인지 확인하기 위해
길게 침 뱉어보는 난쟁이 뱃사공은 하나.
흔들리죠.
셋 그리고 하나.

나만 멀미합니까? 왜 괜찮아요? 하고 질문하면
끝까지 살고 싶은 마음이 남습니다.
건너편에 도착하자마자 하고 싶은 것이 있죠.

힘 뺄 거예요.
여기서 못 하는 거. 의지로 가능한 거.
사람들은 왜 모르는 척할까.

둘 중 하나가 나인 것과
셋 중 하나가 나인 게 다르다는 것.
그걸로 물결치는 것.

흠뻑 적셔놓고 온 베개는 잘 마르고 있을까요.
한때 우리를 즐겁게 했던 이름들이 있었는데.
맥컬리 맥컬리 컬킨 컬킨 같은 사람.
요한 요한슨 같은 사람. 정우정 같은 사람.
죽은 사람.
아버지 닮은 아버지 아닌 사람.
외로워서 외로워 말하는 사람.

바다 위를 건너갑니다.
함께 출렁이면 함께 멎어요.
'구덩이에는 미래가 웅덩이에는 오늘이 고여 있다' 하고 쓰면
뚜껑이 없어요. 열렸어요.
'구덩이' 오지 않고 '웅덩이' 가버립니다.
바다의 이름은 몰라요.
어디서부터 인간의 바다가 시작되는지 몰라요.

도착하고 싶은 곳.
한 사람이 힘 빼는 곳.

너머의 육지.
한 사람이 먼지 쌓인 피아노 뚜껑을 열었습니다.
여든여덟 개의 건반 중에서
이 옥타브 '솔'만 치고 다시 닫는 곳.
그 소리가 바다의 우리를 조금 흔들었습니다.

지금 막 흔들렸습니다.

머리 위엔 구름이 붐빕니다.

비장소

주위를 둘러보았을 때 아무도 없었다
나는 나무와 나무 사이에서 별안간 생각에 잠긴다
희고 불어터진 나의 손이 앙증맞고 부드럽다는 생각
짧은 팔과 오동통한 다리가 제멋대로 휘청거린다는 생각
공원의 한복판에 나를 방치한 채 백 년쯤 흘렀다는 생각
겹겹의 산 뙤약볕을 추격하는 참매미 울음소리

순박한 나의 부모들은 나무 뒤에 숨어서 희희 웃고 있다

바다엔 폭풍이 불고 있지만

너무 낡아 윤이 나는 새벽의 누더기
아니요, 제게도 아끼던 것이 있었습니다

내 집을 마련하면 꺼내 쓰려던 목제 젓가락 있었습니다
일본으로 여행 다녀온 친구가 선물로 준 것이었어요

밤이 빠른 계절에 태어난 친구를 알고 있습니다
저는 그중에 태양입니다
삐걱거리는 낡은 식탁 위에서
시인이 우주를 궁금해하는 일은 참을 수 없구요

반을 가르고 또 반을 갈라요
무수한 구멍들로 이루어진 흰 두부가 젓가락 끝을 빠져나가고

자신의 불행을 끝까지 못 본 척 하는 거울
두부는 거울처럼 그리고 저 역시
여러 번 산산조각 나도 별일 없습니다
우주의 충실한 티끌로서

무시무시하잖아요
바다 건너에서 누군가 두드리고 있다는 거 아닙니까
젓가락이 부러지도록

금이 가고 있을 거 아닙니까
식탁 위에 엎드린 그 얼굴

아니요, 바다를 건널 수 있다는 믿음이
하늘에 무수한 침핀을 꽂게 했다는 거예요

고전적 이야기의 펼침면 위에 엎드린 소년의 얼굴
고전적 이야기 속에 박혀 좀처럼 뽑히지 않는 소년의 얼굴

흰 노트 위에 다 쏟아질 때

바다가 누군가 탁탁 펼친 누더기에 불과하다면
착지하는 방법을 잊은 듯이
내내 흔들리고 있는 저 곤돌라
누구의 심장으로 가라앉습니까

이곳엔 비가 와
새벽안개를 걸어서 집으로 돌아왔다
우리의 보금자리로
그렇게 시작하는 편지를 적어서 보내고 싶습니다
먼 곳의 사람에게

나의 사람들은 모두 가깝기만 하고
그중에 저는 태양입니다
온종일 인간의 머리 위를 쭈뼛거렸습니다

새로운 기쁨

그런 나라에는 가본 적 없습니다 영화에서는 본 적 있어요

나의 경험은 아침잠이 많고 새벽에 귀가합니다 잎사귀를 다
뜯어 먹힌 채 돌아옵니다

안다고 말하고 싶어서 차바퀴 꿈은 많이 꿉니다 황봉투에 담
긴 얇고 가벼운 꿈인데

낮에는 구청 광장에 우두커니 서서
감나무를 올려다보았습니다 까치가 까치밥을 쪼는 것을 보고
밤에는 하염없이 영화를 보았습니다
트빌리시 바르샤바 베오그라드
그런 도시에는 가본 적이 없고

까치가 나뭇가지를 툭 차면서 날아가는 것은 낮에 본 것
미치지 않고서야
미치지 않고서야
그러는 것같이
팔이 떨어져라 흔들리는 잎사귀들이라면 밤에 본 것

나의 경험은 내내 잠들어 있습니다 다시는 일어날 마음이 없
어 보입니다

죽어서도 보고 있다면 죽은 것이 아닌데 자꾸 보고 있습니다

눈딱부리 새의 관점

1.

그때 우리는 한 사람을 위해 특별한 상차림을 준비하고 있었다 커다란 햄을 여러 등분으로 자르자 분홍색 돼지들이 끈적끈적 칼날에 달라붙었다 어지러워 어지러워 하는 것 같았다

그때 생각에 잠긴 여자아이가 있었을 것이다 저 케이크는 왜 나를 위한 것이 아니지? 회색 손때가 탄, 커다랗고 푹신한 곰은 왜 내 것이 아니지? 케이크 앞에 고깔모자를 쓰고 수줍게 웃는 사람은 왜 죽도록 내가 아니지? 테이블 위의 열매들 굳게 닫혀 있고

딱딱한 의자에 앉아
경량 철골처럼 흔들리는 두 다리

그때 우리는 울먹이는 여자아이에게 울지 마! 울지 마! 손뼉 치며 응원했다
울지 말기와 실컷 울기
두 가지 요청 가운데 여자아이가 팽팽하게 익어갔다

플래시 터질 때 울음을 멈추고 활짝 웃어버린 여자아이의 시선이 창밖의 새를 쫓았다 쫓아서 멀리까지 갔다

그렇지 그렇게 웃어야지 이제 예쁘구나 하고 우리는 여자아이의 납작한 이마를 쓰다듬었다

다시 열리지 않을 차가운 이마

2.
맨홀 속으로 들어가면 다른 맨홀로 나올 수 있을까요
사실 이것은
막 내려간 시대의 이야기인데요……

허공을 받친 가로수들의 손금을 바라보고 있으면
세계의 비밀 하나를 눈치채버린 것 같은 기분이 들고

나무 앞에 혼자서 우두커니 서 있을 때
한 여자아이가 다가와 말했습니다

싸우지 마세요…… 제발요……

구름의 뒤꿈치를 스치고 가는 검은 새 한 마리

본 적 있는 것 같아요……
맨홀 속으로 들어가면 다른 맨홀로 나올 수 있을까요

3.

한 사람이 전화를 걸어 "우리 지금 만날까?" 하자 먼 곳의 두 점이 조금씩 가까워져 마침내 한 점으로 포개지는 것을 재미있다고 생각하고 있다 새는

"네가 나를 병들게 한다는 걸 알았으면 해" 하자 한 점에서 한 점이 떨어져 나와 다시 멀어지는 것을 그러나 한 점은 여전히 같은 자리에 멈춰 있는 것을 새는 의미 있게 바라보고 있다

한 점이 찢어진 얼굴이 되는 것을

한 점은 거리에서 외투를 벗고 티셔츠를 벗고 속옷을 벗고 한 겹만 더 벗으면 살 것 같았다

4.

저는 삼십오 년째 주머니에 검은 비닐봉지를 챙겨 다닙니다 아무 데서나 토하고 우는 사람들이 있고 그들이 아무 데서나 토하고 울지 못하도록 하려고요

멀뚱히 서서 닫히지 않는 눈꺼풀을 수선하고 있을 때 멀리 거대한 건물을 집게손가락 사이에 담아 사진 찍어보는 사람들 너희는 알까 모르는 사람의 집게손가락 사이에서 머리부터

천천히 주저앉는 기분을
  곤죽의 기분을…

  단 한 번도 사용해본 적이 없는 비닐봉지를 꺼내 나는 실컷 구토합니다
  지키고 싶은 것을 지켰다는 점에서 괜찮은 오후입니다

  5.
  그때 생각에 잠긴 여자아이가 있었다 검은 양복을 입고 심각한 이야기에 중독된 국제회의장에서 꽥 비명 지르는 사람이 나였으면 좋겠다 정신을 잃고 나였으면 좋겠다 돌 깨는 사람과 돌무더기 안에 갇힌 사람이 죽도록 나였으면 좋겠다

  플래시 터지는 소리
  응원과 함성

  새는 흥미로웠다 검은 점들이
  어지러워 어지러워 하듯이 칼날에 끈적끈적 달라붙는 장면이었다

버거

빈집 있으면 꼭 무언가 들어왔다 벌렁 드러눕고 껌 쩍쩍 씹고 주인 행세 했다
밤의 양조주 부어라 마셔라 부드러웠다 천국 가까웠다

「사람들 나를 찾아와 얼마나 고통스러운지 비탄에 잠겨 있는지 떠들어대는 꼴 더는 견딜 수 없어 사람들 나를 찾아와 얼마나 고통스러운지 비탄에 잠겨 있는지 꼼꼼히 설명할 때마다 나는……」 이것은 빈집의 말이다
지금부터는 나의 입장

버거에 관한 범성애적 구두 연습 기억합니다
납작한 것과 납작한 것 사이 납작하게 엎드린 사물들
부드러운 것과 부드러운 것 사이 무너지는 층계참
우리를 기어코 벌리는 것들
오늘만 다섯 개째 당신은 버거 타령 하고 있으므로
내가 벌어지는 것입니다 슬픔 두툼 입술 슬쩍 핥는 것입니다
버거와 버거 사이 빈집 쌓는 것입니다

이것은 아버지의 교수법입니다
토할 것 같아요 풀 죽은 내가 검은 봉지 속에 얼굴 파묻자 아버지 말씀하셨지요
「네가 얼마나 어지러운지 울렁거리는지 칭얼대는 소리 더는

들어줄 수 없구나 네가 나의 딸이라면 그네 위에서 흔들리는 사람 아니라 그네를 흔드는 사람 되어라 사람 탄식 듣는 사람 아니라 사람 탄식하게 하는 사람 되어라……」 아버지 나를 찾아와 버거와 버거 사이 쌓고 계십니다

  그런 것 반복하고 있습니다

  쓰러질 듯 휘청이는 버거 아름다운 장면이다

  나는 버거 들고 조심조심 걷는다 찾기 위함이다 빈집에서

  벌렁 드러누워 껌 쩍쩍 씹고 주인 행세 하기 위함이다 나에게 천국 어째서 멀고 멀어

  아버지 소파에 벌렁 드러누워 껌 쩍쩍 씹고 바지춤에 손 넣고

  쌓고 있다 무한 가까웠다

Um

문
지상의 모든 문
문이란 문을 벌컥벌컥 열고 다니려는 내가 있다
가슴이 두근거린다
중요한 사람을 만날 것만 같다

태양이 자신의 빛깔을 붉게 칠하려 드는 것
아스팔트 위에 반듯하게 널브러진 태양초들의 믿음 때문이다
그게 아니라면
태양을 올려 보다 깊은 흑점을 심게 된 자들의 눈물 때문
물방울이 벌목의 톱니바퀴를 선망했기 때문
문지르고 또 문지르다
붉어진 눈꺼풀을 열어보려는 내가 있다
두근거리는데

열두 번째 문은
쥐구멍도 개미굴도 아니다
누군가 나를 바짝 쫓으며 열린 문을 꽝꽝 닫으려 하고 있다

불
지상의 모든 불
불이란 불을 죄다 끄려 하고 있다

태양은 맞은편 창가에서 볼 수 있다
내가 지치고 나를 뒤쫓던 자가 지쳐서 저녁이 올 때
열지도 닫지도 못하는 기차의 내부에서
중요한 사람
거의 만날 뻔한
길고 어두운 창자 속에

내가 잠들어 있다
파르르 떨고 있다

황급히 네 발로 기어
빛이 사라지려 하고 있다

절반 정도 동물인 것, 절반 정도 사물인 것

만일 이 돌이 지금 꿈적도 하지 않으려 한다면,
만일 그것이 꽉 박혀 있다면,
먼저 그 돌 주위에 있는 다른 돌들을 움직여라
— 비트겐슈타인

나는 인간을 연기하며 살았으나
열 시간째 시신을 연기하고 있다
가족들이 진료비를 정산하지 않은 까닭에

깜빡하고 눈을 감지 못했으므로
절반 정도의 인간이 남아
나의 완벽한 메소드를 뒷받침해주었다

관계자들이 진료비 수납을 재촉하고 있다
꿈쩍 않는 나를 치우기 위해
나의 주위부터 치워야 하므로

유족들이 두 번 울었다는 기사가 보도되었다
가족이 두 번이나 울어주었다는 소식이
의욕적으로 다가왔다

나는 더 이상 툴툴거리며 거리를 활보할 필요가 없고

눈동자는 얼굴에 단단히 고정되어 있다
눈동자를 들어올리기 위해
장면들이 먼저 다가왔다

나무는 서행
구름은 가끔 묻지도 않은 비밀을 털어놓다
손에 쥔 것을 놓치고
문제는 새들 나와 같은 안치실에 누운
검고 뾰족한 문제를 자랑하는 새들

나에게 모자는 더 이상 아무 영감을 주지 못한다
모자에 대한 생각은
조의를 갖추기 위해 잠깐 그것을 벗어야 할 때
느닷없이 찾아오는 것
엉망이 된 머리꼴과 함께

조문객들이 국 대접을 들고
뜨거운 것을 후후 불고 있다
국 대접 안에서 겨우 안심하고 있는 얼굴들

꿈쩍하지 않던 나의 눈꺼풀을 닫기 위해
장면들이 주춤주춤 물러섰다

느낌이 충분히 오지 않을까 봐 초조해하던
인간으로서
나는 위치를 조금 바꾸어 갖게 되었다

간유리에 사자

창밖에 많이 웃고 잘 자고 맛있게 먹는 사람들 있었지 좋았지 믿지는 않았어 내가 큰 새는 아니듯이 점박이가슴웃는지빠귀 아니듯이 많이 웃고 잘 자고 맛있게 먹는 사람들 거리를 걸어 다녔지 차바퀴 옆에서 찌그러진 축구공을 보는 날도 있었지 폐점한 가게들의 이름만 떠오르기도 했어 훼미리 식당 카페 동심 민달팽이 옛날국수 오세련 손뜨개방 믿지는 않았지 심장의 휘파람 소리

날개가 있어 좋았지 큰 새는 아니었어 점박이가슴웃는지빠귀 아니었어 투명한 날개였지 부나방쯤이겠지 노래하지 않았어 얼쩡거리는 게 더 좋지 눈동자라는 호숫가 서성이길 좋아했지 날개는 참 좋지 당신의 뚱뚱한 두 팔 휘젓게 할 수 있었지

새벽의 놀이터 많이 웃고 잘 자고 맛있게 먹는 사람들 없었어 밤이 빛나는 별 믿지는 않았어 물 밑에서 두툼해지는 새들의 마음 아니었어 시소에 앉아 미동도 없는 바람의 마음 결코 아니었어 눈동자라는 호수 모두 닫혀 있지 나는 창밖을 서성였어 큰 새 아니었지 점박이가슴웃는지빠귀 아니었어 혼자 꺼졌다 혼자 켜지는 가로등이겠지 간유리에 비친 불빛을 보고 저기 큰 새, 저기 사자, 가리키는 아이도 있었지 믿지는 않았어

하우스

나의 이목구비가 마음에 든다
부모를 닮아서
나의 말투가 마음에 들지 않는다

불 꺼진 방 안에 누우면 어김없이
작게 접혀 상자 속에 보관되고 싶다는 꿈
동그랗게 웅크리면
열매 속에서 푹 잘 수 있다는 꿈

식탁 위에 먹음직스러운 색과 형태로
과일이 놓여 있다
하우스 것이다
덜 맵고 더 달다 계절과 상관없이
부모는 그런 것을 마련해둔다

그런 것을 먹은 적이 없는데 씨앗이 굴러다닌다면
며칠 지나
손가락으로 꾹꾹 눌러 죽인 작은 벌레들을
치우지 않았을 뿐이다

죽어가는 손이 소중히 움켜쥐고 있다
타인의 손과

자신의 목덜미

이제 나의 꿈에서 그만 나가주겠니 하고
창밖의 나무들이 혀를 내민다
츠츠츠 흔든다

이제 나의 꿈에 그만 찾아오겠니 하고
뿌리가 흙을 움켜쥐고 있다
조용하게

송신 送信

나는 여러분의 건강을 수십 년째 책임지고 있다
곤두박질치는 시청률은 모두가 건강해지고 있다는 증거

건강박수를 쳤다
여러분의 검은 화면을 향해

의미 있는 숫자들을 늘어놓았다
심장은 돌망치로
간은 큰부리까마귀로 크게 외치려고 했다

동그랗고 탐스러운 혈구들을
화면 가득 띄워 보여주려고 했다

자기 자신에 관한 사소한 기록을 보관 중인 지붕들

마른 눈동자를 위한 양손마사지법과
식욕 억제를 위한 신경자극체조를 준비했으나
아무도 따라할 수 없었다

큰 불을 피우기 위해 더 많은 기록을 남기며 자라는 숲

나무 사이를 뒤로 걷는 사람과

나무 기둥에 등을 부딪치는 사람과

나머지 사람들 잠에서 깨어
빈터에서 아파트가 솟아오르는 것을 바라보고 있다

나는 온몸에 힘이 쪽 빠진 채로
꿈속의 검은 화면을 마주했다

의사는 말했지 여기 왜 왔다고 생각해요?
난 말했어 잘 모르겠습니다

미장이는 발로 흙을 밟습니다 미장이의 의지와는 상관없이
흙이 발을 원했고 발이 흙을 기다렸습니다

미장이는 작업화 위의 각목처럼 곤히 잠들어 있을 뿐인데
사람들은 말합니다 미장이가 바닥을 고르고 있네

목수는 집을 짓지
미장이는 벽을 바르고
청소부는 청소를 하네 말합니다

미장이였던 적이 있는 것 같아요 아직도 그런 것 같아요
반듯한 흙을 다오 벽돌을 더 가져다 다오 중얼거리는
꿈의 대화 보세요

나는 노련한 미장이인 것 같아요
벽을 원하는 손님들 나의 잠을 기어오르지만
무성한 넝쿨손 너덜너덜 덮치지만
아무것도 훔치지 못하도록 돌려보내는
고집스런 나의 벽을 보세요

태양은 하루 종일 골목을 질주합니다 시속 한나절의 속도로

조금조금 걷습니다 이것은 나의 일
나의 의지와는 상관없는 미장이의 의지
흙손이 시멘트 위를 미끄러지는 소리가 나의 귀를 뒤따릅니다

긴 잠을 자고 깨어났을 때
문득 지쳐 있는 것은 왜일까요
발밑도 머리 위도

적벽돌로 보이는 것은 왜일까요

내가 이곳에 온 이유를 잘 모르겠습니다

작고 멀쩡한 여름

우리는 예약해둔 식당으로 가기 위해 길을 나선다
너는 춥고 싶다고 말했을 뿐인데 나는 멈춰 서서
너의 등을 오래 쓰다듬고 싶다 춥고 싶다고?
어느 철학자가 음식을 끊고
흔들의자에 앉아
조용히 마중했다는 그것
지금 춥고 싶다고?

죽은 사람을 사랑하게 되는 여름이다
다시는 심하게 말하지 말랬잖아

소나기는 우리를 예상치 못한 캐노피 아래로 데려간다
꽃게를 기절시키기 위해 안간힘을 쓰는 저 여자
먼지가 오후를 떠다닐 수 있는 힘은
단지 가볍기 때문일까

그렇다면 빗방울, 어떤 힘으로 이 침묵을 다듬어온 것일까
빨리 춥고 싶다고?

너는 어깨를 활짝 펴고
쏟아지는 빗속으로 뛰어든다

바람이 불기 때문에

수염도 불었지 찻주전자에서 찻잔으로
낙하하려던 정오의 물줄기가 바지 위로 불었지↲
모자 위로 모자가 불었지
근사하게 매만져놓은 머리카락이
눈동자와 입 속에서 익사했지
바람 분다 우리 나갈까
하고 적으려던 메모지가
먼저 나갔지

미친 사람이 산다는 마을의 이야기를 보고 있었는데
미쳤다는 그 사람만 멀쩡해 보였지

창문을 통해 들어온 요정이 하나
자신이 검술사라고 오해하는 요정이 하나

혼란 혼돈 혼곤 혼선
나는 왜 비실비실 웃음이 날까

↳ 자크 타티의 영화 〈윌로 씨의 휴가(Les Vacances de monsieur Hulot, 1953)〉에서 빌려온 장면.

썩지 않는 빵

휴대폰에 알 수 없는 검정 화면이 저장되어 있습니다 우연히
찍힌 사진에 불과합니다

마주 대고 있는 거울 사이 도톰하게 부푸는 상처를 집이라고
부를 수는 없는 걸까요 열고 들어가
깊은 잠에 들 수는 없는 걸까요
사진은 목격한 것을 믿지 못해서 눈을 흘겨 뜨고 있습니다

엄마는 조용히를 선호합니다 텔레비전과 마주 앉아 침묵에
잠기는 일을
저는 이제 수명이 긴 것을 사랑하기가 힘이 듭니다
만남 짧게 사랑 길게 조용히 버튼을 누르고 말았어요

오늘 아침엔 대한체육회 수건에 얼굴을 비벼 껐습니다
어제 아침엔 김경남 양희숙 차녀의 결혼을 기념하는 수건에
알 수 없는 검은 점이 찍혀 있었어요

어디서 온 것인지 모를 물건들이 끝을 보기 위해
알맞게 모여 있습니다

파리 한 마리가 가족이 되려는 것처럼 온 집 안을 헤집고 다
니고

파리를 귀신인 줄 아는 나의 작은 강아지는 소파 밑의 어두
컴컴이 돼가고

창문을 열어두었는데 아무것도 빠져나가지 않아서
여기야 여기 해도 흰 밥풀 위에서 꼼짝없고
잘못을 싹싹 빌어보는 듯이

집 안 풍경을 찍을 때는 맛있게 필터로 찍어봅니다
튀길 수 없는 것을 튀겨보는 맛있는 튀김 상상처럼
알 수 없는 검은 화면을 맛있게 찍어보는 것입니다

나는 화장실에서 오줌을 눌 때마다 생각합니다
이런 것들이 빠져나간다는 건
확실하고 즐겁다
큰 창을 열어도 가지 못하는 것이 많았어요

거목

화면 속에서 나무꾼이 도끼질한다 반복적으로
우리는 밥을 먹고 배가 부르다 방어적으로

몸의 어떤 부분은 지나치게 개방되어 있다
반을 쪼갠 배추의 입 양파의 입 딸기의 입처럼

깊은 곳의 비밀을 누설하느라
따뜻하게 짓물러간다

얼마쯤 시간이 흘렀을까
그런 말은 더 이상 쓰지 않는다
시간은 지나치게 반복적으로
지나침을 활짝 펼칠 뿐이다

도끼는 나무를 향하지만
도끼는 그런 말을 할 줄 모른다
딱정벌레조차 그런 말을 할 줄 모른다
간혹 설명은 필요하다
반복 앞에 방어적으로 쓰러지기 위해

얼마쯤 시간이 흘렀을까
입이 벌어진 뒤에는 충분히 배가 불러오는데

이것이 훗날 시집에 실린다면
여기서 페이지 넘어갈 것

열고 닫음의 자유를 뽐내듯이 다음 장면 시작될 것

도끼로 찍는다
그러나 페이지는 넘어가지 않는다

어때, 재미있지?
아니 너무 느려
슬프고 느려

아이가 쓰러지지 않는 나무를 툭툭 차며 대답한다

티셔츠를 청바지 속에
넣어 입은 여자들
지나간다

잘록한
허리
강조한 모양
물 잔의 투명
잘게
쪼개진
다

3부

작은 것들은 계속해서 작고
양파꽃은 피지 않고

안녕하세요 계영 씨

서울역 헌혈의 집 앞에는
피 한 방울을 표현한 이미지 캐릭터가 서 있어요
이름을 지어준다면 밀크 촉촉
화창한 날씨죠

얼굴이 검고 맨발인 남자가 수많은 비둘기에 둘러싸여
맨손 원심분리법을 고안 중입니다
김밥 한 알을 펼쳐
밥풀을 하나하나 떼어내고 있습니다
김 한 장을 펼쳐
골고루 밥 바를 때 그랬던 것처럼
이름을 지어준다면 트리오 퀸텟 셉텟
하나하나

엊그제 본 영화에서 아이가 물었습니다
그런데 아빠 세계가 뭐예요?
역전 파칭코점 아니냐
그건 신세계잖아요 ↖
맨발과 신발 사이의 거리잖아요

이웃 나라의 만화영화에서는
중학생 소년소녀가 거대 고철을 입고

스스로 터집니다 그러기를 결정합니다
밥풀 하나씩 물고
신세계 날아오르고

너 한 방울 나 한 방울 모아
크고 통통한 한 방울
피봉투가 시소처럼 흔들리는 것을 생각하면서
좌로 우로 팔 흔들며 걸어갑니다

신발 속에 맨발을 끄덕끄덕 움직여도
몰라요 아무도 모르고 있죠
내 발바닥이 시커멓다는 것도
내 눈동자에 돌단풍
점묘가 번진다는 것도

그렇게 쳐다보면
얼굴이 빨개요

↳ 고레에다 히로카즈.

새똥 닦기

이제 그는 꿈꾸는 것만이 자신이 해야 할 일임을 알고 있었다.
깊은 밤, 그는 슬픈 새 울음을 터뜨리며 잠에서 깨어났다.
—보르헤스

떨어진 볼펜을 줍기 위해 소파 앞에 얌전히 무릎을 꿇고 허리를 숙이고 머리를 조아렸어요. 그날의 일을, 하필 거기 볼펜이 떨어졌기 때문이라고 말해서는 안 되는 거겠지요. 볼펜이 거기 떨어지기를…… 누군가 몸을 낮춰 침대 밑 소파 밑 구석구석 살펴봐주기를…… 기다리다가… 기다려도 그런 사람 오지 않아서

어둠이 먼저 나의 손을 잡아당긴 것이었습니다. 펠리컨 주머니에서 튀어나온 어린 펠리컨처럼, 윤기나는 검은 털과 풍성한 촉감, 나의 눈을 똑바로 바라보고 있는 겁니다. 펠리컨 주머니에 보관된 작은 펠리컨 주머니처럼, 겹겹이고 과녁일 때 기다리는 동심원들. 흔들리는 목젖들. 손부터 덥썩 잡힌 나로서는 도무지 묻지 않을 수 없었어요…… 이름이 어떻게…… 나이는……

어둠은 소파 밑에서 밤에도 심지어 낮에도 모두 잠든 후에도…… 잠자코 본분을 마치고 기다렸지만 사람은 오지 않았습니다. 두꺼운 점퍼를 덧입으며 세 겹씩 네 겹씩 솜이불을 겹쳐 덮으며 맹추위 속으로 가라앉고 있었습니다. 웅웅 울면서…… 망각의 안쪽으로 얼어붙고 있었습니다.

새똥을 줍고 깨끗하게 닦아도 밝힐 수 없어요. 웅웅…… 소리가 나는 쪽으로 생각이 희미해지기 시작합니다.

인디언식 이름으로

눈꺼풀 아래에도 사람이 있다면 배고파 배고파 귀신은 두 번
씩 말한다 나머지 말은 모두 신발장에 처박아두고 왔다 추워 추
워 몸을 떨며 와서 나의 피부를 벗겨간다

그러나 서구식 유령은 말이 없다 이목구비를 잃어버렸다는
사실을 모르기 때문이다 집 청소 저에게 맡기세요 그런 말이 하
고 싶다 펫시터 구합니다 그런 말도 해보고 싶다

시끄러운 오후에게는 이유가 많다
그러나 조용한 저녁은 이유 없이 다가와 귓가에 소리를 빽
지르고 달아나기를 수십 년째
왜 저녁의 발가락만 보면 미친 듯이 핥고 싶을까 미안해 사
랑해 말하고 싶을까

눈꺼풀 아래에도 옥상이 있다면 날 본 거 맞지? 지금 눈 감
고 똑바로 봤지? 귀신은 두 번씩 산다
서구식 유령은 미안해 사랑해 기도가 구멍으로 가득 찼기 때
문이다 여기예요 크게 불러보고 싶다 죽음은 새가 아니에요 붕
떠오르지 않아요 그런 폭로도 하고 싶다

내일은 육손, 일곱 번째 손가락을 생각하는 것만으로 여섯
번째 손가락은 견딜 만한 것

더 배고플 내일과 더 추울 내일 그러다 입 다물게 될 모레에
물기가 많은 밥으로 잘 휘어지는 김밥을 싸야지 여섯 번째
손가락을 높이 들고 잘 먹어야지

극복은 허무맹랑
극복은 단순명료
충분히 자라다가 죽어갈수록 조그마해질 거야 작을 거야
배부르고 따뜻하면 다 잊는다

Firework

우리에게 뜨거운 것이 말뿐이라면?

원탁이 끓기 전에
한 사람 한 사람이 자리에서 일어나 가버리기 전에
찬물을 끼얹는 것은 내 몫이에요.

새의 몸은
날개와 날개 이외
당신은 당신 위로 쓰러질 때 의미가 될 거예요.

턱을 받치고
날개이거나 손바닥 위에 얼굴을 올리고
표정이 무르익는 것을 보고 있어요.
별명이 배추와 토마토인 사람이
뿌리로부터 일어서는 현장을 보고 있어요.

우리에게 빛나는 것이 돌뿐이라면?

눈 코 입을 그려서 친구 삼고
실의에 빠져 함구증 걸린 동생 삼고
네 친구와 내 동생을 걸고 내기할 거예요.

수레에 가득 싣고
오늘도 보람찬 하루였어!
이름을 새기고
옛터부지 기념비를 세울 거구요.

따뜻하게 달궈진 것으로 골라
아랫배에 올리고 깊은 잠에 들겠죠.

멀리 던지고
대답이 돌아오길 기다리고 있어요.
얼굴에 생긴 구멍은
언젠가 당신의 폐 속에 공기가 있던 흔적,
돌멩이 말구요, 새가 아니라요.

원탁을 벗어난 토마토가 돌아와
조용히 다시 앉을 때
단단하게 굳어갈 때

당신의 표정이 터져요,
당신의 얼굴 위로
지금 지금.

동시에

거리에서 본 것;
마네킹의 옷을 벗기는 상인
가장 손 쉬운 방법으로는
양팔을 잡아 뽑는 것이 있다
단, 걸음을 멈추고 지켜보는 행자들을 위해
마네킹이 부끄러워하지 않도록 다뤄주기
이를테면 양팔을 살살 뽑기

흰 티셔츠가 벗겨진다
노란 티셔츠가 입혀진다
동시에
어떤 바지를 상상하고 있는가?

無;
최선을 다해 희미해진다고 해도
여전히 있음
들쥐에겐 들쥐의 콧김이 피어오름
마가렛에겐 마가렛의 그림자가 누워 있음

대막대의 활용;
선을 넘는 사람
줄을 타는 사람

면을 잇는 사람

이름;
"공주야"하고 개를 부르면
"개의 의사도 중요하지 않아?"하고 묻는 바보 있을 것이다
이름은 측면에서 날아오는 것
공주를 공주답게 밥 먹이고 공주답게 잠재우며
공주를 공주로부터 펄쩍 뛰어오를 작정으로 살게 하는 것

또 다른 기도;
두 손을 가슴 앞에
세상에 막 던져진 새끼 염소를 핥는 늙은 염소와 같게
갓 태어난 죄의 절룩이는 다리를 매만진다

화면에서 본 것;
나뭇가지에 앉은 저 새는
어디까지 날아갈 수 있을 것인가
여자는 창밖의 나무를 바라보고 있다
새가 앉아 있는 줄은 몰랐다
여자를 찍은 사진사는
여자의 눈동자에 새가 앉아 있는 줄은 몰랐다
여자의 사진은 극사실주의 화가에 의해 스케치 되었다

새는 우리의 눈앞까지 파고들었다
안으로

동시에;
이 기분 나쁜 음악은 도대체 어디서 들리는 건가요?
내가 물었을 때
일제히 심장의 모눈을 향해 겨눠지는 눈빛

표면장력

심장과 무관한
피와 무관한

너의 얼굴이 그렇지 맞아 말하며
온화한 미소를 띄울 때

추방당한 자
자신을 낳고 기른 혈육과 다른 입장을 갖게 된 자

네가 가진 가장 맑은 물 위에 표정 하나
국그릇 위의 얼굴 하나
푹 떠먹어보았지 힘을 내려고

너는 거울을 골똘히 들여다본다
다음 페이지가 펼쳐지리라는 희망에 시달리고 있다

친절한 이웃으로서

호수 위에 오리가 세 마리 떠간다
진흙 위의 발자국들
조금 빠른 오른발과 조금 느린 왼발 사이의 오후

호수의 한복판은 어디일까
그것을 알기 위해 오리는 뭘 할 수 있을까

시간과 나는 서로를 이해하지 못해 날마다 고함치며 싸운다
이웃의 모녀는 허구한 날 넘쳐나는 시간을 탓한다

자신의 젊고 아름다운 과거를 믿지 못하는 딸에게
너도 늙어봐야 해! 시간이 해결해주겠지!
조금 빠른 어머니와 조금 느린 딸 사이에서 시간은 팔짱낀다

그러나 시간은
여전히 기다란 두 팔만큼은 자신의 것이라고 믿는다
가구와 소지품들은 전부 훔친 것들이지만
석유난로 위에 바짝 붙어서 아 따뜻해, 아아 기쁜 냄새가 나,
하며 축축해지고 있는 기다란 팔만큼은

마땅히 시간에게도 죽음이 온다면 그것도 훔친 것이다

호수 한복판에서 더운 김이 뭉게뭉게 피어난다

나는 물가를 조금 걷다 돌아온다
종이를 말아 작은 구멍을 만든다
먼 곳의 새들을 더 멀리 보기 위해서 그랬다
오리 세 마리가 점점 멀어져간다

조금 빠른 오리와 조금 느린 오리 사이의 오리가
작은 구멍을 벗어난다
작은 지평선을 넘어간다

점박이가슴웃는지빠귀

아이들이 반복해서 태어나는 것에 대해서라면 몇 가지 질문만 떠오를 뿐이다 으리으리한 여덟 개의 치아를 활짝 펼쳐 보이고 싶은 마음은 어떻게 생겨나는 것일까

한 지붕 아래 세 가족이 살게 되기까지, 마주 앉은 두 사람은 거의 동시에 테이블을 쿵 내리치며 말했다 하고 싶은 말을 참는 것도 더는 못 해먹겠어! 하고 싶은 말은 하겠어! 그러나 나와 그는 하고 싶은 말을 대신해 많은 말을 늘어놓았다 각자의 가슴 속에서 틀렸어! 이게 아니야! 외치는 목소리가 멜로디 슬리퍼를 신고 향기롭게 뛰어다녔다 자기 지금 뭐라고 했어? 나는 넓적 가슴에 귀를 바짝 붙여보았다 착하지 개야 캄캄한 개집 밖으로 나와보렴

태권도장 앞을 지나다가 작은 고함 소리들을 들었어요 큰 고함 소리를 따라서
작은 발꿈치들은 공중에 푹푹 꽂히고 있었지요 큰 발꿈치를 따라서

나는 울고 있는 새가슴입니다
새들도 가끔 다른 새를 기절시키기 위해 노래하니까요
아이들은 태극 무술을 통해 투명한 적을 물리치고 싶어 해요

투명한 것을 완전히 지우고 싶어 해요
발길질해요

의사는 초음파 사진을 펼쳐 보이며 말했다 이 정도면 거의
사람이라고 볼 수 있겠군요 위험합니다 곧 손가락 발가락을 갖
추게 될 겁니다 나와 그가 늘어놓은 말들이 거리에 하얗게 쌓여
있었다 조심조심 걷다가 미끄러지고 말았다 방금 전 넘어진 사
람의 움푹한 손자국에는 손가락만 열 개 자유를 얻은 손가락들
이 자유롭게 서고 앉고 반짝이고 구르고 있다↰

발치의 어린이가 자꾸만 일어서는 나를 바라본다 몽둥이 모
양의 과자를 먹으면서
나의 으리으리한 여덟 개의 흰 이빨들이
저절로 펼쳐진다

↰ 조류학자이자 철학자인 찰스 하트숀은 새들이 그들 나름의 '미적 감각'과 '지루함의 역치'를 기준 삼
아 시시각각 변화하는 복잡한 프레이즈로 노래한다고 보았다. 그는 노래의 발달 정도를 엄밀히 계산해 명금 순
위를 제시했는데, 점박이가슴웃는지빠귀는 그중 22위를 차지하였다. (데이비드 로텐버그, 『새는 왜 노래하는
가?』 중에서.

↰↰오규원, 「봄」, "내가 내 언어에게 자유를 주었으니 너희들도 자유롭게 서고, 앉고, 반짝이고, 굴러라"

마가목

하루 두 번의 무효를 외치기 위해 미쳐가는 시침
일찌감치 노쇠해버린 풋내기의 손목

오고 가고

따뜻한 겨울 기후에서 온다. 냉장고에서 바로 꺼내 먹으면 이 시리니까. 이 시리면 마음 아프니까. 식탁에 앉아 밀감 따뜻해질 때까지 기다린다. 그런데 밀감? 내 마음의 차가운 광물질처럼 꺼낸 게 언제였지…… 십여 년간 나만 보는 강아지 이제 다른 곳을 봤으면 하는데. 새콤달콤 밀감 오물거리는 나 이미지 말고 다른 것을 보러 갔으면 좋겠는데. 냉장고에서 밀감 꺼냈던 건 언제였지…… 입 주변이 축축하구나. 방울방울 매달렸구나. 배꼽부터 말라가는데. 따뜻한 밀감 지나 뜨거운 밀감까지. 귤나무 장려 정치로부터 백오십 년 이후까지. 엄지손가락을 푹 찔러넣을 수 없는데. 펼칠 수 없는 마음인데. 마음은 말도 못 하니까. 말할 것도 없으니까. 밀감 흐른다. 슬그머니 걸어 나오는 것. 너는 나의 혼잣말을 즐거워하지만. 대화의 형식을 포기한 적 없는 나에게. 방울방울 매달린 나에게. 강아지 오니까. 밀감 가니까.

화장실에서 오줌을 눌 때마다 생각한다
이런 것들이 빠져나간다는 건
확실하고 즐겁다

점심 먹고 미술관에 갔어
돌 속에 웅크린 아기와 노인을 보았어
석공이 돌 속으로 들어간 데에는 목적이 있었겠지

돌아가고 싶은 옛날이 없어서
옛날이 되어보려고

하고 싶은 말을 모두 편지에 적어
누구에게도 보내지 않는 것이지
입 속에 구겨 넣고 삼키는 것이지

악몽 그 자체가 되어보려고

새는 땅에 떨어진 빵 부스러기를 물었다 뿌리쳤다
물었다 뿌리쳤다 반복하고 있다
조금도 먹지 않고
그렇게 하는 것이 더 좋아서
밤의 공원에서

부스러기 하나가 떨어져 나올 때는 목적이 있었을 텐데

목적 같은 게 있었을 텐데
새가 그것을 가지고 놀고 있다

어둠이 손가락을 뻗어
여기에 사람이 있어요 떠벌리는 것이지
내가 돌 속에 웅크리고 있을 때였어

새가 다가온다
알게 모르게

거울에게 전하는 말

너는 바보 아니었을까 함부로 영혼에 걸었으니까 누가 그런 것을 좋아한다고

비스킷을 먹으면 꼭 소파에 비스킷 가루를 흘려놓는 칠칠치 못한 사냥꾼처럼

여기는 어디일까 너는 껍질을 뒤집어쓴 만큼만 존재했음에도

생물 사물이 허락하는 만큼만 차지했음에도 숟가락이 용납하는 만큼만 먹고

시계가 나누어준 만큼만 잤음에도 우리가 거울 속 인물에게 쉽게 연루되고 마는 까닭은

영영 만날 수 없는 사람에 대한 시름 때문이야 바보야

그와 할 건 다 해보았다 꽃도 꽂아보았고 집어등을 쫓아 갈 데까지 갔었다

그러나 터덜터덜 홀로 돌아왔지 빛의 그물을 쓸쓸히 빠져나와 다시 이곳은 어디일까

늙은이들의 눈동자를 보면 알 수 있다 몸의 어느 부분이 구부러지는 거 아니라

쪼그라드는 거 아니라 지워지고 있다는 사실 같은 걸

밤바다로 천천히 걸어 들어가는 뒷모습이 엄지발가락부터 흘리고 가는 것처럼

눈동자마저 뽑아가는 것처럼

물가에 살아선 안 된다 넌 바보가 될 거야
잠의 테두리를 따라 걷고 싶게 될 거다 저기 먼 허공을 가리키며
저 너머엔 아무것도 없다고 중얼거리고 싶을 거야 그래서 건
너가고 싶었지
동공을 풀어 딱 한 방울의 검은색을 떨어뜨리고 싶었지

투명한 물 잔을 혼탁하게 만드는 결정적인 것이 되고 싶었다
동네가 떠나가도록
입은 꾹 다물고 싶었다

개들은 짖겠지만 콰직콰직 깨지는 잠깐 어둠 잠깐 빛
우리는 옆으로 누워서 잤다 하늘이 보이지 않는 게 좋으니까
이마에 살짝 차가운 것이 닿았다 떨어지는 느낌

거울에 바보 같은 거울 얼룩
작은 것들은 계속해서 작고 양파꽃은 피지 않고
피어 있다
지고 있다

🌙 박상순, 『마라나, 포르노 만화의 여주인공』

시

1. 모자를 벗을 것. 타인의 모자는 벗길 것. 서로 바꿔 쓸 것. 신사숙녀 모자라면 조속히 벗길 것. 어린이의 머리통에는 카우보이 햇이, 식자의 머리통에는 양동이가, 급진주의자의 머리통에는 별말씀이 꼭 맞을 것. 눈사람의 방울모자는 절대로 손대지 않을 것.

2. 거기서 넘어질 것. 울지도 웃지도 않을 것. 같은 자리에서 내일 다시 넘어질 것. 늘 넘어진 자리에서 내일모레 또 넘어질 것. 모르는 곳에서 일어설 것. 그때 울거나 웃을 것.

3. 회문ㅁㅈ일 것. 입구와 출구를 만들지 않을 것. 동문서답일지라도 동분서주할 것. 어디든 길이므로 하염없이 걸을 수 있을 것. 어떻게 보아도 무늬이므로 하염없이 앉을 수 있을 것.

4. 동물 외 출입 금지. 개 고양이 출입 가능. 돼지 소 양 말 염소 출입 가능. 비둘기 참새 닭 오리 출입 가능. 기린 하마 코끼리 사자 출입 가능. 인두겁 출입 금지. 관계자 외 출입 금지.

5. 아첨하지 않을 것. 자동판매기가 되지 않을 것. 한 사람이 다가와 지폐를 몇 장 넣고 레버를 돌린다고 하더라도 원하는 말을 들려주지 않을 것. 한푼 두푼 모은 돈이라는 것에 개의치 않을 것. 화가 머리끝까지 치밀어 오른 한 사람이 온 힘을 다해 발로 걸어찬다면? 찌그러진 캔 하나 흘려줄 것. 망가진 자동판매기가 될 것.

6. 충격적인 백지일 것. 생각을 쓸어 담을 것. 빗자루를 들고 허리를 숙일 것. 그러나 손가락으로 쓸어 담을 것. 언어에게 모두 떠넘기고 힘껏 모를 것. 양손을 공손히 모으고 "주세요"하고 말할 것. 누구에게? 어린이에게. 누구에게? 무릎을 꿇고.

7. 실용적일 것. 잘게 찢어 끓인다면 맛없는 수프가 될 것. 나와 타인 사이에 세운다면 문이 될 것. 못대가리를 내려친다면 망치가 될 것. 말없이 내민다면 말이 될 것. 머리맡에 둔다면 꿈의 연장이 될 것.

8. 독점하지 않을 것. 고통과 외로움 속에 소외가 발생하지 않도록 할 것. 강물에 빠진 공을 바라보는 어린이 곁에 설 것. 나란히 걸을 것. 나란히 가라앉을 것. 나의 고유함을 믿지 않을 것. 나누어줄 것. 흔해빠질 것. 그러나 흔해빠지는 것이 두려워 벌벌 떨 것.

9. 액자 보관 하지 않을 것. 거기까지 보여주고 끝까지 살게 할 것.

10. 미래의 시가 마저 쓰게 할 것.

블링크

검지 펴고 하나
중지 펴고 둘
순서대로 펼쳐지는 동그란 주먹이
코에 꽂히는 순간을.
조심하세요, 우는 천사를.

여우털 모자가 날아갔으므로
자신의 생각을 시작하세요.

관자놀이에 탁
칼날이 날아와 꽂힐 때
내면의 흰빛을 드러낼 각오를 마친
사과와 같이

스스로의 빛으로 추락하세요.

같은 주제를 반복하지 않고
따분한 농담을 소분하지 않고
작은 기쁨이 되어준
생각의 도벽을 완성하세요.

한때 나의 소유였던 여우털 모자

충분히 공중의 소유가 되어주다가
의식의 바깥으로 멀어집니다.

나무가 너무 빨리 걸어서
하마터면 내가 사라질 뻔 했으므로
겸손하게 인정하세요.

나무는 줄지어
친구들과 함께 있고
나는 겨우 있습니다.

눈동자는 간단하게 들어 올리죠.
겨울로 날아가는 흰 양탄자를 단숨에 구기죠.

우리가 눈 마주치는 순간이므로
드디어 영원을 시작하세요.

눈동자의 면적과 눈동자의 면적이
쩍 달라붙었다 쩍 떨어지는
마찰음으로

계속하세요,

귀가 멀어버린다 해도.

발문

유계영에 대한 짧은 별말씀

김소연 / 시인

무법자와 카우보이

유계영의 시 세계에서 온갖 '나'들은 어떨 땐 거의 무법자 같다. 그녀는 질서 정연함을 헝클어뜨려 놓고서도 성이 차지 않아 두 눈을 끔벅이고 서 있는 사람 같다. "눈동자의 면적과 눈동자의 면적이/쩍 달라붙었다 쩍 떨어지는/마찰음"(「블링크」)이 들리는 듯하다. 무언가를 가장한 표피이자 은폐를 감행한 이후의 현상에 불과한 것이 질서라면, 유계영은 무질서의 상태를 우선 되찾아보겠다는 듯이 두 눈을 부릅뜬다. 그 두 눈을 빌려서 시를 쓴다. 유계영의 시를 읽는 나도 그 눈을 빌린다. 적외선 카메라처럼. 그리고 기어이 무언가를 목격한다.

새는 땅에 떨어진 빵 부스러기를 물었다 뿌리쳤다
물었다 뿌리쳤다 반복하고 있다
조금도 먹지 않고
그렇게 하는 것이 더 좋아서
밤의 공원에서

부스러기 하나가 떨어져 나올 때는 목적이 있었을 텐데

ᨀ 「시」에 쓰인 유계영의 시어 "별말씀"을 빌려옴.

1   10

목적 같은 게 있었을 텐데
새가 그것을 가지고 놀고 있다

  −「화장실에서 오줌을 눌 때마다 생각한다 이런 것들이
  빠져나간다는 건 확실하고 즐겁다」 부분

　유계영은 밤의 공원에서 무언가를 쪼아대는 새를 보여주는
동시에 새가 가지고 놀고 있는 빵 부스러기를 주목한다. 새와
빵 부스러기, 둘 다에게는 각자의 목적이 있다. 유계영은 이 당
연한 장면을 시적으로 팽팽하게 조율함으로써, 불현듯 의아하
게 만든다. 이 의아함을 유계영은 최대한 공평하게 분배해 의아
함의 농도를 높인다. 그러면서도, 세계란 모름지기 이러이러하
게 생겨먹었다는 식의 도출을 그녀는 삼간다. 그녀가 삼가기로
마음먹는 그 타이밍을 나는 몹시 좋아한다. 앞발을 치켜든 채
우뚝 멈춰서는 말과 함께 달려온 카우보이 같달까. 황야의 흙먼
지가 일었다가 가라앉고, 마침내 그녀는 모습을 드러낸다. 결정
적인 사건이 일어날 것만 같은 경계선에 날렵하게 멈춰선 그녀
는, 낯선 세계로부터 우연히 이곳에 도착한 문제적 인물 같다.
"본색을 들추는 방식으로 햇빛이 나아"(「얼굴」)가듯, 실종된 무

언가를 끝없이 찾아 헤매다 당도한 것만 같다.

Z-run 하듯이

> 긴 잠을 자고 깨어났을 때
> 문득 지쳐 있는 것은 왜일까요
>
> – 「의사는 말했지 여기 왜 왔다고 생각해요? 난 말했어 잘
> 모르겠습니다」 부분

유계영의 시에는 속단이 없다. 어떤 순간이든 직전에 멈추어 선다. 유보를 유지한다. 팔짱을 끼고 거리를 두고 뒷걸음을 치는 유보가 아니다. 틈입하고, 휘젓고, 나아가고, 말을 거는, 이상하고 유쾌한 유보이다. 속단은 없지만 결단이 있다. 어디로든 움직이고 전진한다. 우왕좌왕을, 괜찮을 리 없음을, 망연자실을 보여주고 있을 때마저도 유계영은 어딘가로 부단히 움직인다. "문이 열리는 것을 기다렸다가/ 기회를 놓치지 않고 끼어든"(「좋거나 싫은 것으로 가득한 생활」)다거나, "나무 타고 건너는 중"(「잠이 우리에게 그렇게 하듯이」)이거나, "문이란 문을 벌컥

벌컥 열고 다니"(「Um」)거나, "도끼로 찍는"(「거목」)다거나 "좌로 우로 팔 흔들며 걸어"(「안녕하세요 계영 씨」)가거나 "날마다 고함치며 싸운다"(「친절한 이웃으로서」)거나 "하고 싶은 말을 모두 편지에 적어 / 누구에게도 보내지 않"고 "입 속에 구겨 넣고 삼"(「화장실에서 오줌을 눌 때마다 생각한다 이런 것들이 빠져나간다는 건 확실하고 즐겁다」)킨다거나……. 이토록 적극적이고 다채로운 동사들이 문장의 서술어로 와글거리는 풍경을 나는 그 어떤 시집에서도 목격해본 적이 없다. 이 시집의 표지를 덮고 가만히 손바닥을 대어보면, 훈련 중인 운동선수의 쿵쾅거리는 심장이 느껴질 것만 같다. 활달하고 민첩하기 짝이 없는 그녀의 서술어들을 하나하나 음미하다 보면 나의 온몸이 다 노곤해지는, 상쾌한 피로가 전해져온다. 다디단, 긴 잠을 잘 수 있을 것 같은 노곤함이다.

우직한 쇠공, "지키고 싶은 것을 지켰다는 점에서 괜찮은 오후입니다"↲

어떤 면에서 그녀는 투포환 선수에 가까울 수도 있다. 자그마한 원(겨우 지름 2.135m라고 한다) 안에서, 뒤쪽으로 몸을 웅

↳ 「눈딱부리 새의 관점」 부분.

크렸다 돌아서는 이동 동작에서 얻은 추진력으로 쇠공을 밀어
내듯이 시를 쓰는 것만 같다. 원 바깥으로 나가지 않고 선을 잘
지키면서. "도착하고 싶은 곳"(「잠이 우리에게 그렇게 하듯이」)
으로 쇠공이 날아가려면 어떻게 해야 하는지를 이해하면서.

> 나는 아무 데도 가지 않습니다
> 기어이 갖추게 된 머리를 데리고는 아무 데도 갈 수 없습니다
>
> ―「좋은 물」 부분

　그렇다. 그녀는 아무 데도 가지 않는다. 가지 않지만 먼 곳까
지 날아간다. 가로지른다. "하나의 얼굴로 파다하"(「양의 일기」)
다. 우리에겐 쉽게 발을 들일 곳들이 많은 편이었다. 쉬운 다정
함. 쉬운 슬픔. 쉬운 퇴폐. 쉬운 관능. 쉬운 서정. 쉬운 낙관. 더
쉬운 비관. 쉬운 명랑. 쉬운 우아. 쉬운 깊이. 쉬운 선의. 그 어느
것도 결코 쉬웠다고 함부로 말할 수는 없지만, 발을 들여놓으
면 쉬운 것으로 쉽게 전락하고 마는, 우리가 다 원하는 자명한
그것들. 유계영이 추구하는 것은 자명하든 아니든, 그곳에 쉽게
발을 들이지 않으려는 태도일지도 모른다. 쉽지 않은 경로로 접

근하려 애쓰는 태도에 시의 행로가 따로이 있다는 걸 믿어보고 있는 것만 같다. "날아가는 공의 포물선 안에서" "신을 잊고 과학만을 믿기로 한"(「Oi hoy joy」) 개의 태도처럼. 개 옆에서 같은 생각을 하고 있는 투포환 선수처럼. "강물에 빠진 공을 바라보는 어린이 곁에"(「시」) 서서, 같은 생각을 하고 있는 투포환 선수처럼.

검술사와 코미디언

유계영이 이번 시집에서 그린 풍경들은 일 대 다수의 싸움을 떠올리게 한다. 둘러싼 모든 것들과 당연하지 않음을 겨루고 있는 것 같다. 단 한 명의 시인을 너무 많은 싸움꾼이 둘러싼 형국처럼 시집 한 권이 다가온다. 시인은 "싸우지 마세요…… 제발요……"(「눈딱부리 새의 관점」)라고 말하는 아이 같다. "자신이 검술사라고 오해하는 요정"(「바람이 불기 때문에」) 같기도 하다. 덩치는 클 리 없다. 아주 자그마하다. 당연히 자그마한 칼을 옆구리에 차고 있을 것 같다. 그럼에도 당당하고 형형하게 두 다리를 딛고 대적하고 있는 풍채가 느껴진다. "나는 가난하고 아름다운 나라의 작은 사람들을 지켜주려고 왔다 / 빛나는 총

한 자루를 차고 왔다"(「울로 만든 모자」)고 말하는 목소리가 곳곳에 메아리친다.

　　나는 인간을 연기하며 살았으나
　　열 시간째 시신을 연기하고 있다
　　가족들이 진료비를 정산하지 않은 까닭에

　　깜빡하고 눈을 감지 못했으므로
　　절반 정도의 인간이 남아
　　나의 완벽한 메소드를 뒷받침해주었다

　　－「절반 정도 동물인 것, 절반 정도 사물인 것」 부분

　　"가난하고 아름다운 나라의 작은 사람들을" 대표하여 국제회의장에 참석하는 유계영을 상상해본다. "검은 양복을 입고 심각한 이야기에 중독된 국제회의장에서 꽥 비명 지르는 사람이 나였으면 좋겠다 정신을 잃고 나였으면 좋겠다"(「눈딱부리 새의 관점」)며 비명을 지를 찬스를 엿보는 시인. 검술사가 칼로 푹 찔러버리는 순간처럼 치명적인 순간을 유계영은 유머러스한 장

면으로 표현해낸다. 코미디 연기를 하고 있는 배우처럼 천연덕스럽고 능청스럽다. 유계영식 유머는 "미친 사람이 산다는 마을의 이야기를 보고 있었는데 / 미쳤다는 그 사람만 멀쩡해 보"일 때에 발생한다. "혼란 혼돈 혼곤 혼선/나는 왜 비실비실 웃음이 날까"(「바람이 불기 때문에」) 하면서 말이다.

반가운 산산조각들

나는 유계영이 '지금'이라는 단어를 쓰는 순간을 좋아한다. 곧 흘러가버릴 것이 아쉬워서 붙잡고 있는 '지금'이 아니라 곧 도래할 미래를 등 뒤에서 느끼고 있는 '지금'일 때가 많다. 그녀가 '지금'이라고 말하면, 나는 지겨운 순간마저 흥미롭게 눈여겨볼 배짱이 생기는 듯하다. 나는 그녀가 '어지럽다'고, '흔들린다'고, '초조하다'고 말하는 그 느낌을 좋아한다. 힘들다는 뜻이 아니라 그냥 그렇다는 얘기야 정도의 뉘앙스이기 때문이다. 그녀가 이렇게 높은 역치의 상태에 놓일 수 있을 때, 시로써 해온 그녀의 훈련을 가늠해보게 된다. 그렇게 얻은 태연함은 힘껏 응원해야 마땅하다고 생각한다. 또한, 나는 그녀가 '검다'고 말할 때를 좋아한다. '희다'고 말할 때를 좋아한다. 검든 희든, 그것은 별반 다르지가 않다. 어둠으로 채워졌든 빛으로 채워졌든, 채워졌지만 아무것도 없다는 뜻이 되어버리는 무화의 순간들을 만나기 때문이다. 그녀가 어떤 단어를 말하면 정반대의 뜻이 그곳에 있게 된다. 그녀가 "어둠은 큰 리본을 달고 서 있었지 선물처럼/죽음보다 죽지 않는 느낌을 더욱 알고 싶었기 때문에"(「Oi hoy joy」)라고 고백할 때에, 세계지도를 둥글게 말아 지구본이 되게 되돌려놓는 것과 유사한 방식으로, 그녀는 세계를 재편한다. 나는 그녀가 이목구비를 묘사할 때 특히 사랑스러워한다. 그녀가 그린 인간의 이목구비가 거대하고 고장난 부품 같을 때에 나도 모르게 빙그레 웃고야 만다. 기어이 인간을 우습게 만들고, 우스워서 슬프게 만들고, 우습고 슬퍼서 사랑스럽지 않을 수 없게 만드는 그 순간. 멀쩡하지 않음이 인간의 당위인 세계가 몹시도 반가운 것이다. 무엇보다 나는 유계영이 '인간' 혹은 '사람'이라는 단어를 시 속에 박아넣고자 할 때의 그 조심스러움을 좋아한다. "우주의 충실한 티끌로서"(「바다엔 폭풍이 불고 있지만」). "아무것도 아니라는 점을 끝없이 상기시키며"(「얼굴」). 개연성이 성긴 낙관으로 도달하는 경로가 아니라, 다만 인간이라는 실상을 환기시키는 일에 정교함을 다하는 그 정성을 좋아한다.

며칠이 지나도 수박을 떨어뜨린 자리가 끈적끈적하다

수박의 최후는 흥건하고 붉고
망연자실한 사람을 한 명 이상 불러 세운다

올해의 첫 수박은 기어 다니며 먹었다 올해의 첫 수박은 기어
다녔다 올해는 기어 다녔다 기어 나갔다 은유와 비약은 애도를
꿈꾸게 한다

나는 내가 단 한 번도 깊은 슬픔에 빠져본 적이 없다는 사실이
별로 놀랍지 않다 모든 슬픔에서 반드시 기어 나왔다는 사실만
큼은

－「얼굴」 전문

"여러 번 산산조각 나도 별일 없"(「바다엔 폭풍이 불고 있지
만」)다고 말하는 것, 위의 시처럼 "별로 놀랍지 않다"고 말하는
것도 눈길이 가는 대목이지만, 무엇보다 "모든 슬픔에서 반드시
기어 나왔다는 사실"을 더 돋보이게 배치하는 이런 정교함은 도

저히 좋아하지 않을 수가 없다.

계속

나는 유계영이 유계영으로 살아가는 것을 멀찌감치에서 지켜보며 한결같은 개운함을 느낀다. 그녀는 똑똑하게 산다. 장난스럽게 산다. 고양이 민지와 강아지 호두랑 놀면서 산다. 그들을 위해서 산다. 친구들과 제자들과, 나처럼 일로 만난 사이의 많은 이들에게 믿음을 주며 산다. 동물권에 목소리를 내면서, 기후재난에 대해 할 수 있는 실천을 하면서, 함부로인 것들을 몹시 경계하면서, 좋아해온 것들을 지키면서, 좋아할 것들을 찾아내면서, 약속을 지키면서, 책임을 다하면서, 어기지 않으면서. 자기 앞에 놓인 암담한 것들에 감히 엄두를 내면서 산다. 두루두루 살뜰하게 안부를 묻고, 호의와 적의 모두를 애써 다스리면서 산다. 도처에 저마다의 처지를 지닌 모든 것들과 자기 자신을 동등하게 여기기 위해 최선을 다하면서 산다. 글씨마저 정갈한 그녀. 툭 내뱉는 농담조차 정성스러운 그녀. 그녀는 좋아하는 것을 말할 때는 "으리으리한 여덟 개의 흰 이빨들이/저절로 펼쳐진(「점박이가슴웃는지빠귀」)" 채 활짝 웃지만, 좋아할 수 없는 것에 대하여 말할 때에는 균질한 템포로 머뭇거리며 해야 할 말을 또박또박 끝마친다. 유계영은 "왜 이렇게 싫어하는 것이 많으냐는 지적을 들"음으로써, "우리의 악몽이 더 이상 정교하지 않다는 사실은 견딜 수 없"어서, "깊은 함정에 빠"(「좋거나 싫은 것으로 가득한 생활」)짐으로써, 시와의 약속을 지킨다. 특히, 스스로가 시에 적어둔 약속을 지킨다. "보여주겠다/내가 어떻게 길을 잃는지"(「잘 도착」, 『이제는 순수를 말할 수 있을 것 같다』, 현대문학, 2018)라는 과거의 선언을 이토록 한껏 겪음으로써. "미래의 시가 마저 쓰게 할 것"(「시」)을 남겨두면서. "다음 차례를 기다리"(「에너지」)면서. 지금부터 이미 시작하면서. 이 글을 시작하면서 나는 유계영의 도저한 켜켜함들을 요약하지 않고 규정하지 않고 가두지 않겠다고 자주 다짐했다. 이제 이 글을 끝맺으며 다시 고뇌에 빠지기 시작한다. 이 글은 "지키고 싶을 것을 지켰"(「눈딱부리 새의 관점」)을까. 그랬으면 좋겠다. 그러지 못했다면 다시 쓰고 말겠다.

> 우리가 눈 마주치는 순간이므로
> 드디어 영원을 시작하세요.

눈동자의 면적과 눈동자의 면적이
쩍 달라붙었다 쩍 떨어지는
마찰음으로

계속하세요,
귀가 멀어버린다 해도.

– 「블링크」 부분

아침달 시집 20

지금부터는 나의 입장

1판 1쇄 펴냄 2021년 7월 21일
1판 2쇄 펴냄 2021년 10월 15일

지은이 유계영
큐레이터 김소연, 김언, 유계영
편집 송승언, 서윤후
디자인 한유미, 정유경

펴낸곳 아침달
펴낸이 손문경
출판등록 제2013-000289호
주소 03980 서울시 마포구 성미산로 153-16, 2층
전화 02-3446-5238
팩스 02-3446-5208
전자우편 achimdalbooks@gmail.com

© 유계영, 2021
ISBN 979-11-89467-25-8 03810

값 10,000원

아침달